清・蒲松齡著

聊齋志異

十六册

黄山書社

聊齋志異卷十六

細侯

淄川　蒲松齡　留仙　著
新城　王士正　貽上　評

昌化滿生設帳于餘杭偶步塵市經臨街閣下忽有荔殼墜肩頭仰視一雛姬凭閣上妖姿要妙不覺注目發狂姬俯哂而入詢之知爲倡樓賈氏女細侯也其聲價頗高自顧不能適願歸齋冥想終宵不枕明日往投以剌相見言笑甚懽心志益迷托故假貸同人斂金如干

攜以赴女款洽臻至即枕上口占一絕贈之云膏膩銅盤夜未央牀頭小語麝蘭香新鬟明日重妝鳳無復行雲夢楚王細侯蹙然曰妾雖汚賤每願得同心而事之君既無婦視妾可當家否生大悅即叮嚀堅相約細侯亦喜曰吟咏之事妾自謂無難每於無人處欲傚作一首恐未能便佳爲觀聽所譏倘得相從幸教妾也因問生家田產幾何荅曰薄田半頃破屋數椽而已細侯曰妾歸君後當常相守勿復設帳爲也四十畝聊作自給十畝可以種桑織五匹絹納太平之稅有餘矣閉戶相

對君讀妾織則詩酒可遣千戶侯何足貴生曰卿身價
累可幾多曰依媼貪志何能盈也多不過二百金足矣
可恨妾齒稚不知重貲財得輒歸母所私蓄者區區無
多君能辦百金過此即非所慮生曰小生之落寞卿所
知也百金何能自致有同盟友令於湖南屢相見招僕
以道遠故憚於行今爲卿故當往謀之計三四月可以
歸復幸耐相候細侯諾之生即棄館南游至則令以罣
悞免官僦居民舍宦囊空虛不能爲禮生落魄難返就
邑中授徒焉三年莫能歸偶笞弟子弟子自溺死東翁

痛子而訟其師因被逮囹圄幸有他門人憐師無過時
致餽遺以是得無苦細侯自別生杜門不交一客母詰
知故不可奪亦姑聽之有富賈某慕細侯名托媒於媼
務在必得不靳直細侯不可賈以負販詣湖南敬偵生
耗時獄已將解賈以金賂當事使久錮之歸告媼云生
已庾死細侯疑其信不確媼曰無論滿生已死或縱不
死與其從窮措大以椎布而終也何如衣錦而厭粱肉
乎細侯曰滿生雖貧其骨清也守齷齪商誠非所願且
道路之言何足憑信賈又轉囑他商假作滿生絕命書

寄細侯以絶其望細侯得書惟朝夕哀哭媼曰我自幼於汝撫育良劬汝成人三年所得報者日亦無多既不願隷籍即又不嫁何以謀生活細侯不得已遂嫁賈賈衣服簪珥供給豐侈年餘生一子無何生得門人力昭雪而出始知賈之錮已也然念素無郤反復不得其由門人義助資斧以歸既聞細侯已嫁心甚激楚因以所苦託市媼賣漿者達細侯細侯大悲方悟前此多端悉賈之詭謀乘賈他出殺抱中兒攜所有亡歸滿凡賈家服飾一無所取賈歸怒質於官官原其情置不問嗚呼壽亭侯之歸漢亦復何殊顧殺子而行亦天下之忍人也

眞生

長安士人賈子龍偶過鄰巷見一客風度洒如問之則眞生咸陽僦寓者也心慕之明日往投刺適值其亡凡三謁皆不遇乃陰使人窺其在舍而後過之眞走避不出賈搜之始出促膝傾談大相知悅賈就逆旅遣童行沽眞又善飲能雅謔樂甚酒欲盡眞搜篋出飲器玉巵無當注杯酒其中盎然已滿以小琖取入壺並無少減

賈異之堅求其術眞曰我不願相見者君無他短但貪心未淨耳此乃仙家隱術何能相授賈曰冤哉我何貪閒萌奢想者徒以貧耳一笑而散由是往來無間形骸盡忘每值乏窘眞輒出黑石一塊吹呪其上以磨瓦礫立刻化爲白金便以贈生僅足所用未嘗贏餘賈每求益眞曰我言君貪如何如何賈思明告必不可得將乘其醉睡竊石而要之一日飲旣臥賈潛起搜之衣底眞覺之曰子眞喪心不可處矣遂辭別移居而去後年餘賈遊河干見一石瑩潔絕類眞生物拾之珍藏若寶過

數日眞忽至卹然若有所失賈慰問之眞曰君前所見乃仙人點金石也曩從抱眞子游彼憐我介以此相貽醉後失去隱卜當在君所如有還帶之恩不敢忘報賈笑曰僕生平不敢欺友朋誠如所卜但知管仲之貧者莫如鮑叔君且奈何眞請以百金爲贈賈曰百金非少但授我口訣一親試之無憾矣眞恐其寡信賈曰君是仙人豈不知賈某寧失信於朋友者哉眞授其訣賈顧砌上有巨石將試之眞掣其肘不聽前賈乃俯掬半甎置砧上曰若此者非多耶眞乃聽之賈不磨甎磨砧眞

變色欲與爭而砧已化爲渾金反石於真真乃嘆曰業如此復何言然妄以福祿加人必遭天譴如逭我罪施材百具絮衣百領肯之乎賈曰僕所以欲得錢者原非欲窖藏之也君尚覷我爲守財鹵耶真喜而去賈得金且施且賈不三年施數已滿真忽至握手曰君信義人也別後福神奏帝削去仙籍蒙君博施今幸以功德削罪願勉之勿替也賈問真係天上何曹曰我乃有道之狐耳出身綦微不堪孽累故生平自愛不敢妄作賈爲設酒遂與懽飲如初賈至九十餘狐猶時至其家

長山某賣解信藥即垂危灌之無不活然秘其方即戚好不傳也一日以株累被逮妻弟餉食獄中隱置信焉坐待食已而後告之甲不信少頃腹中潰動始大驚罵曰畜產速行家中雖有藥末恐道遠難俟急於城中物色薜荔爲末清水一琖速將來妻弟如其教迨覓至某已嘔瀉欲死急投之立刻而安其方自此遂傳此亦猶狐之秘其石也

湯公

湯公名聘辛丑進士抱病彌留忽覺下部熱氣漸升而

上至股則足死至腹則股又死至心心之死最難凡自童稚以及瑣屑久忘之事都隨心血來一一潮過如一善則心中清靜寧帖一惡則懊憹煩燥似油沸鼎中其難堪之狀口不能肖似之猶憶七八歲時曾探雀雛而斃之只此一事心頭熱血潮湧食頃方過直待生平所爲一一潮盡乃覺熱氣縷縷然穿喉入腦自頂顛出騰上如炊踰數十刻許魂乃離竅忘軀殼矣而渺渺無歸漂泊郊路間一巨人來高幾盈尋掇拾之納諸袖中入袖則疊肩壓股其人甚夥薶惱悶氣殆不可過公頓思

惟佛能解厄因宣佛號纔三四聲飄墮袖外巨人復納之三納三墮巨人乃去之公獨立徬徨未知何往之善憶佛在西土乃遂西無何見路側一僧趺坐趨拜問途僧曰凡士子生死錄文昌及孔聖司之必兩處勾名乃可他適公問所居僧示以途奔赴無幾至聖廟見宣聖南面坐拜禱如前宣聖言名籍之落仍得帝君因指以途公又趨之見一殿閣如王者居俯身入果有神人如世所傳帝君狀伏祝之帝君檢名曰汝心誠正宜復有生理但皮囊腐矣非菩薩莫能爲力因指示令急往公

從其教俄見茂林脩竹殿宇華好入之則見螺髻莊嚴金容滿月瓶浸楊柳翠碧垂烟公肅然稽首拜述帝君言菩薩難之公哀禱不已傍有尊者白言菩薩施大法力撮土可以爲肉折柳可以爲骨菩薩卽如所請手斷柳枝傾瓶中水合淨土爲泥拍附公體使童子攜送靈所推而合之棺中呻動家人駭集扶而出之霍然病已計氣絕已斷七矣

王貨郎

濟南業酒人某翁遣子小二如齊河索貰債出西門見兄阿大時大死已久二驚問哥那得來答云冥府一疑案須弟一證之二作色怨訕大指後一人如皁狀者曰官役在此我豈自由耶但引手招之不覺從去晝夜狂奔至太山下忽見官衙方將並入見羣衆紛出皁拱問事何如矣一人曰勿須復入結矣皁乃釋令歸大憂弟無資斧皁思良久卽引二去走二三十里入村至一家檐下囑云如有人出便使相送如其不肯便道王貨郎言之矣遂去二冥然而僵旣曉第主出見人死門外大駭守移時微蘇扶入餌之始言里居卽求資送主人難

之二如皂言主人驚絕急賃騎送之以歸償之不受問其故亦不言別而去

堪輿

沂州宋侍郎君楚家素尚堪輿卽閨閣中亦能讀其書解其理宋公卒兩公子各立門戸爲父卜兆聞有善青烏之術者不憚千里爭羅致之於是兩門術士召致盈百日日連騎徧郊野東西分道出入如兩旅經月餘各得牛眠地此言封侯彼云拜相兄弟兩不相下因負氣不爲謀並營壽域錦棚彩幢兩處俱備靈輿至岐路兄

弟各率其屬以爭自晨至於日昃不能決賓客盡引去舁夫幾十易肩困憊不舉相與委柩路側因止不葬鳩工構廬以蔽風雨兄建舍於旁留役居守弟亦建舍如兄兄再建之弟又建之三年而成村焉積多年兄弟繼逝嫂與娣始合謀力破前人水火之議並車入野視所擇兩地並言不佳遂同脩聘贄請術人另相之每得一地必具圖呈閨闥判其可否日進數圖悉疵摘之旬餘始卜一域嫂覽圖喜曰可矣示娣娣曰是地當先發一武孝廉葬後三年公長孫果以武庠領鄉薦

異史氏曰青鳥之術或有其理而癖而信之則癡矣況負氣相爭委柩路側其於孝弟之道不講奈何冀以地理福兒孫哉如閨中宛若眞雅而可傳者矣

竇氏

南三復晉陽世家也有別墅去所居十里餘每馳騎日一詣之適遇雨途中有小村見一農人家門內寬敞因投止焉近村人故皆威重南少頃主人出邀踧踖甚恭入其舍如斗客既坐主人始操篲殷勤氾掃既而瀹蜜爲茶命之坐始敢坐問其姓名自言廷章姓竇未幾進

酒烹雛給奉周至有笄女行炙時止戶外稍稍露其半體年十五六端妙無比南心動雨歇既歸繫念綦切越日具粟帛往酬借此階進是後常一過竇時攜肴酒相與留連女漸稔不甚忌避輒奔走其前睨之則低鬟微笑南益惑焉無三日不往者一日值竇不在坐良久女出應客南捉臂狎之女慙急峻拒曰奴雖貧要嫁何貴倨凌人也時南失偶便揖之曰倘獲憐眷定不他娶女要誓南指矢天日以堅永約女乃允之自此爲始瞰竇他出卽過繾綣女促之曰桑中之約不可長也日在帡

幪之下倘肯賜以姻好父母必以爲榮當無不諧宜速爲計南諾之轉念農家豈堪匹耦姑假其詞以因循之會媒來爲議姻於大家初尚躊躇既聞貌美財豐志遂决女以體孕催併益急南遂絕迹不往無何女臨蓐産一男父怒搒女女以情告且言南要我矣竇乃釋女使人問南南立却不承竇乃棄兒益扑女女暗哀鄰婦告南以苦南亦置之女夜亡視棄兒猶活遂抱以奔南款關而告閽者曰但得主人一言我可不死彼即不念我寧不念兒耶閽人具以達南南戒勿內女倚戶悲啼五

更始不復聞質明視之女抱兒坐僵矣竇忿訟之上官悉以南不義欲罪南南懼以千金行賂得免大家夢女披髮抱子而告曰必勿許負心郎若許我必殺之大家貪南富卒許之既親迎奩妝豐盛新人亦娟好然善悲終日未嘗睹歡容枕席之間時復有涕洟問之亦不言過數日婦翁來入門便泪南未遑問故相將入室見女而駭然曰適於後園見吾女縊死桃樹上今房中誰也女聞言色暴變仆然而死視之則竇女急至後園新婦果自經死駭極往報竇竇發女冢棺啓尸亡前忿未蠲

倍益慘怒復訟於官官以其情幻擬罪未決南又厚餌竇衰令休結官亦受其賕囑乃罷而南家自此稍替又以異迹傳播數年無敢字者南不得已遠於百里外聘曹進士女未及成禮會民間訛傳朝廷將選良家女充掖庭以故有女者悉送歸夫家一日有嫗導一輿至自稱曹家送女者扶女入室謂南曰選嬪之事已急倉卒不能如禮且送小娘子來問何無客曰薄有奩妝相從在後耳嫗草草逕去南視女亦風致遂與諧笑女俛頸引帶神情酷類竇女心中作惡第未敢言女登榻引被

障首而眠亦謂是新人常態弗爲意日斂昏曹人不至始疑捋被問女而女已奄然冰絕驚怪莫知其故馳伻告曹曹竟無送女之事相傳爲異時有姚孝廉女新葬隔宿爲盜所發破棺失尸聞其異詣南所徵之果其女啟衾一視四體裸然姚怒質狀於官官以南屢無行惡之坐發冢見尸論死

異史氏曰始亂之而終成之非德也況誓於初而絕於後乎撻於室聽之哭於門仍聽之抑何其忍而所以報之者亦比李十郎慘矣

劉亮采

聞濟南懷利仁言劉公亮采狐之後身也初太翁居南山有叟造其廬自言胡姓問所居止曰在此山中閒處人少惟我兩人可與數晨夕故來相拜識因與接談詞旨便利悅之治酒相歡醺而去越日復來愈益款厚劉云自蒙一交分即最深但不識家何里焉所問興居胡曰不敢諱實山中之老狐也與若有夙因故敢內交門下固不能爲翁禍幸相信勿駭劉亦不疑更相契重即敘年齒胡作兄往來如昆季有小休咎亦以告時劉乏嗣叟忽云公勿憂我當爲君後劉訝其言怪胡曰僕算數已盡投生有期矣與其他適何如生故人家劉曰仙壽萬年何遂及此叟搖首云非汝所知遂去夜果夢叟來曰我今至矣既醒夫人生男是爲劉公公既長言詞敏諧絕類胡少有才名壬辰成進士爲人任俠急人之急以故秦楚燕趙之客趾錯於門貨酒賣餅者門前成市焉

餓鬼

馬永齊人爲人貪無賴家屢空鄉人戲而名之餓鬼年三十餘日益窶衣百結鶉手交其肩在市上攫食人盡

棄之不以齒邑有朱叟者少移居於五都之市操業不雅暮歲還鄉大爲士類所口而朱潔行爲善人始稍稍禮貌之一日値馬攫食不償爲肆人所苦憐之代給其直引歸贈以數百俾作本馬去不肯謀業坐而食無何貲復匱仍蹈舊轍而常懼與朱遇去之臨邑暮宿學宮冬夜凜寒輒摘聖賢顛上旒而煨其板學官知之怒加刑馬哀免願爲先生生財學官喜縱之去馬探某生殷富登門強索貲故挑其怒乃以刀自劙誣而控諸學學官勒取重賂始免申黜諸生因而共憤公質縣尹尹廉

得實笞四十梏其頸三日斃焉是夜朱叟夢馬冠帶而入曰負公大德今來相報旣寤妾舉子叟知爲馬名以馬兒少不慧喜其能讀二十餘竭力經紀得入邑泮後考試寓旅邸晝臥牀上見壁間悉糊舊藝視之有犬之性四句題心畏其難讀而誌之入場適是其題錄之得優等食餼焉六十餘補臨邑訓導官數年曾無一道義交惟袖中出青蚨則作鸕鷀笑不則睫毛一寸長稜稜若不相識偶大令以諸生小故判令薄懲輒酬如治盜賊有訟士子者卽來叩門矣如此多端諸生不復可耐

而年近七旬臃腫聾瞶每向人物色黑鬚藥有狂生某剉茜根給之天明共視如廟中所塑靈官狀大怒拘生生已早夜亡去以此憤氣中結數月而死

考弊司

聞人生河南人抱病經日見一秀才入伏謁牀下謙抑盡禮已而請生少步把臂長語剌剌且行數里外猶不言別生佇足拱手致辭秀才云更煩移趾僕有一事相求生問之答云吾輩悉屬考弊司轄司主名虛肚鬼王初見之例應割髀肉浼君一緩頰耳生驚問何罪而至

於此曰不必有罪此是舊例若豐於賄者可贖也然而我貧生曰我素不稔鬼王何能效力曰君前世是伊大父行宜可聽從言次已入城郭至一府署廨宇不甚宏厰惟一堂高廣堂下兩碣東西立綠書大於栲栳一云孝弟忠信一云禮義廉耻歷階而進見堂上一匾大書考弊司楹間板雕翠字一聯云曰校曰序曰庠兩字德行陰教化上士中士下士一堂禮樂鬼門生游覽未已官已出鬈髮鮐背若數百年人而鼻孔撩天唇外傾不承其齒從一主簿吏虎首人身又十餘人列侍半獰惡

若山精秀才曰此鬼王也生駭極欲卻退鬼王已睹降階揖生上便問興居王但諾諾又問何事見臨生以秀才意具白之鬼王色變曰此有成例即父命所不敢承氣象森凜似不可入一詞生不言驟起告别鬼王側行送之至門外始返生不歸潛入以觀其變至堂下則秀才已與同輩數人交臂歷指儼然在縲絏中一獰人持刀來裸其股割片肉可駢三指許秀才大嗥欲嗄生少年負義憤不自持大呼曰慘慘如此成何世界鬼王驚起暫令止割蹻履逆生生忿然已出徧告市人控上帝

或笑曰迂哉藍蔚蒼蒼何處覓上帝而訴之冤也此輩惟與閻羅近呼之或可應耳乃示之途趨而往果見殿陛威赫閻羅方坐伏階號屈王召訊已立命諸鬼綰絏提鎚而去少頃鬼王及秀才並至審其情確大怒曰憐爾夙世攻苦暫委此任候生貴人家今乃敢爾其去若善筋增若惡骨罰令生生世世不得發迹也鬼方箠之仆地顛落一齒以刀割指端抽筋出亮白如絲鬼王呼痛聲類斬豕手足並抽訖有二鬼押去生稽首而出秀才從其後感荷殷殷挽送過市見一戶垂朱簾內一女

子露半面容妝絕美生問誰家秀才曰此曲巷也既過生低徊不能舍遂堅止秀才秀才曰君爲僕來而令踽踽以去心何忍生固辭乃去生望秀才去遠急趨簾內女接見喜形於色入室促坐相道姓名女自言柳氏小字秋華一嫗出爲具酒肴酒闌入帷懽愛殊濃切切訂婚嫁既曙嫗入曰薪水告竭要耗郎君金貲奈何生頓念腰橐空虛惶愧無聲久之曰我實不曾攜得一文宜署劵保歸即奉酬嫗變色曰曾聞夜度娘索逋欠耶秋華嚬蹙不作一語生暫解衣爲質嫗持笑曰此尚不能

償酒直耳啾啾不滿與女俱入生慙移時猶冀女出展別再訂前約久之無音潛入窺之見嫗與秋華自肩以上化爲牛鬼目睒睒相對立大懼趨出欲歸則百道岐出莫知所從問之市人并無知其邨名者徘徊廛肆間歷兩昏曉悽意含酸飢腸雷鳴進退無以自決忽秀才過望見之驚曰何尚未歸而簡褻若此生靦顏莫對秀才曰有之矣得毋爲夜叉所迷耶遂盛氣而往曰秋華母子何遽不少施面目耶去少時即以衣來付生曰淫婢無禮已叱罵之矣送生至家乃別去生暴卒三日而

甦言之歷歷

李生

商河李生好道村外里餘有蘭若築精舍三楹趺坐其中游食緇黃往來寄宿輒與傾談供給不厭一日大雪嚴寒有老僧擔囊借榻其詞元妙信宿將行固挽之留數日適生以他故歸僧囑早至意將別生鷄鳴而往扣關不應踰垣入見室中燈火熒焉疑其所作潛窺之僧趣裝矣一瘦驢縶燈檠上細審不類真驢頗似殉葬物然耳尾時動氣咻咻然俄而裝成啟戶牽出生前尾之

山門外故有大池僧繫驢池樹裸入水中徧體掬濯已著衣牽驢入亦濯之既而加裝超乘行絕駛生始呼之僧但搖拱致謝語不及聞而去亦遠矣此王梅屋言之李其友人曾至其家見堂上一匾書待死堂亦達士也

蔣太史

蔣太史超記前世爲峩嵋僧數夢到故居菴前潭邊濯足爲人篤嗜內典一意台宗雖早登禁林嘗有出世之想假歸江南抵秦郵不欲歸子哭挽之弗聽遂入蜀居成都金沙寺久之又之峩嵋居伏虎寺示疾怛化自書

偈云儵然猿鶴自來親老衲無端墮業塵妄向鑊湯求避熱那從大海去翻身功名傀儡場中物妻子骷髏隊裏人只有君親無報荅生生常自祝能仁

邑人

邑有鄉人素行無賴一日晨起有二人攝之去至市頭見屠人以半猪懸架上二人便極力推擠之忽覺身與肉合二人亦逕去少間屠人賣肉操刀斷割遂覺一刀一痛徹於骨髓後有鄰翁來市肉苦爭低昂添脂搭肉片片碎割其苦更慘肉盡方尋途歸歸時日已向辰家

人謂其晏起乃細述所遭呼鄰問之則市肉方歸言其片數斤數毫髮不爽崇朝之間已受凌遲一度不亦奇哉

于中丞

于中丞成龍按部至高郵適巨紳家將嫁女妝奩甚富夜被穿窬席卷而去刺史無術公令諸門閉止留一門放行人出入吏目守之嚴搜裝載又出示諭闔城戶口各歸第宅候次日查點搜掘務得贓物所在乃陰囑吏目設有城門中出入至再者捉之過午得二人一身之

外並無行裝公曰此真盜也二人詭辯不已公令解衣搜之見袍服內著女衣二襲皆奩中物也蓋恐次日大搜急於移置而物多難攜故密著之而屢出也

又公為宰時至鄰邑早旦經郭外見二人以牀舁病人覆大被枕上露髮髮上簪鳳釵一股側眠牀上有三四健男夾隨之時更番以手擁被令壓身底似恐風入少頃息肩路側又使二人更相為荷于公過遣隸回問之云是妹子垂危將送歸夫家公行二三里又遣隸回視其所入何村隸尾之至一村舍兩男子迎之而入還以白公公謂其邑宰城中得無有劫盜否宰云無之時功令嚴上下諱盜故即被盜賊劫殺亦隱忍而不敢言公就館舍囑家人細訪之果有富室被強寇入家炮烙死矣公喚其子來詰其狀子固不承公曰我已代捕巨寇在此非有他也子乃頓首哀乞求為死者雪恨公叩關往見邑宰差健役四鼓離城直至村舍捕得八人一鞫盡伏其罪詰其病婦何人盜供是夜同在勾欄故與妓女合謀置金牀上令抱臥至窩頓處始瓜分耳共服于公之神或問所以能知之故公曰此甚易解但人不關

心耳豈有少婦在牀而容人入手衾底者且易肩而行勢甚重交手護之則知其中之有物矣若病婦昏憒而至必有婦人倚門而迎止見男子並不驚問一言是以確知爲盜也

王子安

王子安東昌名士困於場屋入闈後期望甚切近放榜時痛飲大醉歸臥內室忽有人白報馬來王踉蹌起曰賞報十千家人因其醉誑而安之曰但請自睡已賞之矣王乃眠俄又有入者曰汝中進士矣王自言尚未赴

都何得及第其人曰汝忘之耶三場畢矣王大喜起而呼曰賞報十千家人又誑之曰請自睡已賞之矣又移時一人急入曰汝殿試翰林長班在此果見二人拜牀下衣冠修潔王呼賜酒食家人又紿之暗笑其醉而已久之王自念不可不出耀鄉里大呼長班凡數十呼無應者家人笑曰暫臥候尋他去矣又久之長班果復來王捶牀頓足大罵鈍奴焉往長班怒曰措大無賴向與爾戲耳而真罵耶王怒驟起撲之落其帽王亦傾跌妻入扶之曰何醉至此王曰長班可惡我故懲之何醉也

妻笑曰家中止有一媼晝爲汝炊夜爲汝溫足耳何處
長班伺汝窮骨子女粲然皆笑王醉亦稍解忽如夢醒
始知前此之妄然猶記長班落帽詩至門後得一纓帽
如琖大共異之自笑曰昔人爲鬼揶揄吾今爲狐奚落
矣
異史氏曰秀才入闈有七似焉初入時白足提籃似丐
唱名時官呵隷罵似囚其歸號舍也孔孔伸頭房房露
腳似秋末之冷蜂其出闈場也神情惝怳天地異色似
出籠之病鳥迨望報也草木皆驚夢想亦幻時作一得
志想則頃刻而樓閣俱成作一失意想則瞬息而骸骨
已朽此際行坐難安則似被縶之猱忽然而飛騎傳人
報條無我此時神情猝變嗒然若死則似餌毒之蠅弄
之亦不覺也初失志心灰意敗大罵司衡無目筆墨無
靈勢必舉案頭物而盡炬之炬之不已而碎踏之踏之
不已而投之濁流從此披髮入山面向石壁再有以且
夫嘗謂之文進我者定當操戈逐之無何日漸遠氣漸
平技又漸癢遂似破卵鳩只得銜木營巢從新另抱矣
如此情況當局者痛哭欲死而自旁觀者視之其可笑

甚焉王子安方寸之中頃刻萬緒想鬼狐竊笑已久故乘其醉而玩弄之牀頭人醒寧不啞然自笑哉顧得志之況味不過須臾詞林諸公不過經兩三須臾耳子安一朝而盡嘗之則狐之恩與薦師等

牧豎

兩牧豎入山至狼穴穴有小狼二謀分捉之各登一樹相去數十步少選大狼至入穴失子意甚倉皇豎於樹上扭小狼蹄耳故令嗥大狼聞聲仰視怒奔樹下號且爬抓其一豎又在彼樹致小狼鳴急狼聞四顧始望見

之乃舍此趨彼跑號如前狀前樹又鳴又轉口無停聲足無停止數十往復奔漸遲聲漸弱既而奄奄僵臥久之不動豎下視之氣已絕矣今有豪强子怒目按劍若將搏噬爲所怒者乃闔扉去豪力盡聲嘶更無敵者豈不暢然自雄不知此禽獸之威人故弄之以爲戲耳

金陵乙

金陵賣酒人某乙每釀成投水而置毒焉即善飲者不過數琖便醉如泥以此得中山之名富致巨金早起見一狐醉臥槽邊縛其四股方將覓刃狐已醒哀曰勿見

害請如所求遂釋之輾轉已化爲人時巷中孫氏其長
婦患狐爲祟因以問之荅云是即我也乙窺婦娣尤美
求狐攜往狐難之乙固求之狐邀乙去入一洞中取褐
衣授之曰此先兄所遺著之當可去旣服而歸家人皆
不之見襲常衣而出始見之大喜與狐同詣孫氏家見
牆上貼巨符畫蜿蜒如龍狐懼曰和尚大惡我不往矣
遂退而去乙逡巡近之則眞龍盤壁上昂首欲飛大懼
亦出葢覓一異域僧爲之厭勝授符先歸僧未至也次
日僧來設壇作法鄰人共觀之乙亦雜處其中忽變色

急奔狀如被捉至門外踣地化爲狐四體猶著人衣將
殺之妻子叩請僧命牽去日給飲食數日尋斃

折獄二則

邑之西有崖莊有賈者被人殺於途隔夜其妻亦自經
死賈弟鳴於官時淅江費公禕祉令淄親詣驗之見布
袱裹銀五錢餘尚在腰中知非爲財者也拘兩村鄰保
審質一過殊少端緒並未搒掠釋散歸但命約地細察
十日一關白而已踰半年事漸懈賈弟怨公仁柔上堂
屢譟公怒曰汝既不能指名欲我以桎梏加良民耶呵

逐而出賈弟無所伸訴憤葬兄嫂一日以逋賦故逮數
人至內一人周成懼責上言錢糧措辦已足即於腰中
出銀袱稟公驗視公驗已便問汝家何里荅云某村又
云去西崖幾里荅五六里公云去年被殺賈某係汝何
人荅云不識其人公勃然曰汝殺之尚云不識耶周力
辯不聽嚴梏之果伏其罪先是賈妻王氏將詣姻家慚
無釵飾聒夫使假於鄰夫不肯妻自假之頗甚珍重歸
途卸而裹諸袱內袖中既至家探之已亡不敢告夫又
無力償鄰惱欲死是日周適拾之知為賈妻所遺窺賈

他出半夜踰垣將執以求合時溽暑王氏臥庭中周潛
就淫之王氏覺大號周急止之留袱納釵事已婦囑曰
後勿來吾家男子惡犯恐俱死周怒曰我挾枸闌數宿
之資寧一度可償耶婦慰之曰我非不願相交渠常善
病不如從容以待其死周乃去於是殺賈夜詣婦曰今
某已被人殺請如所約婦聞大哭周懼而逃天明則婦
死矣公廉得情以周抵罪共服其神而不知所以能察
之故公曰事無難辨要在隨處留心耳初驗尸時見銀
袱刺萬字文周袱亦然是出一手也及詰之又云無舊

詞貌詭變是以確知其情也
異史氏曰世之折獄者非悠悠置之則縲繫數十人而狼籍之耳堂上肉鼓吹喧闐旁午遂嚬蹙曰我勞心民事也雲板三敲則聲色並進難決之詞不復置諸念慮專待升堂時禍桑樹以烹老龜耳嗚呼民情何由得哉
余每謂智者不必仁而仁者則必智蓋用心苦則機關出也隨在留心之言可以教天下之宰民社者矣
邑人胡成與馮安同里世有郤胡父子強馮屈意交懽胡終猜之一日共飲薄醉頗傾肝膽胡大言勿憂貧百

金之產無難致也馮以其家不豐故嗤之胡正色曰實相告昨途遇大商載厚裝來我顛越於南山眢井中矣馮又笑之時胡有妹夫鄭倫託為說合田產寄數百金於胡家遂盡出以炫馮馮信之既散陰以狀報邑公拘胡對勘胡言其實問鄭及產主不訛乃共驗諸眢井一役縋下則果有無首之尸在焉胡大駭莫可置辯但稱寃苦公怒擊喙數十曰確有証據尚叫屈耶以死囚具禁制之尸戒勿出惟曉示諸村使尸主投狀逾日有婦人抱狀自言為亡者妻言夫何甲揭數百金出作貿易

被胡殺死公曰井有死人恐未必即是汝夫婦執言甚堅公乃命出尸於井視之果不妄婦不敢近卻立而號公曰眞犯已得但骸軀未全汝暫歸待得死者首即招報令其抵償遂自獄中喚胡出訶曰明日不將頭至當械折股役押終日而返詰之但有號泣乃以梏具置前作刑勢即又不刑曰想汝當夜扛尸忙廹不知墮落何處奈何不細尋之胡哀寃祈容急覓公乃問婦子女幾何荅言無甲有何戚屬云但有堂叔一人公慨然曰少年喪夫伶仃如此其何以爲生矣婦乃哭即求憐憫公曰殺人之罪已定但得全尸此案即消消案後速醮可也汝少婦勿復出入公門婦感泣叩頭而下公即票示里人代覓其首經宿即有同村王五報稱已獲問驗旣明賞以千錢喚甲叔至曰大案已成然人命重大非積歲不能得結姪旣無出少婦亦難存活早令適人此後亦無他務但有上臺檢駁止須汝應身耳甲叔不肯飛兩籤下再辯又一籤下甲叔懼應之而出婦聞詣謝公恩公極意慰諭之又諭有買婦者當堂關白旣下即有投婚狀者葢即報人頭之王五也公喚婦上曰殺人之

眞犯汝知之乎荅以胡成公曰非也汝與王五乃眞犯耳二人大駭力辯寃誣公曰乃久知其情所以遲遲而發者恐有萬一之屈耳尸未出井何以確信爲汝夫葢先知其死矣且賈死猶衣敗絮數百金何所自來又謂王五曰頭之所在汝何知之熟也所以如此其急者意在速合耳兩人驚顏如土不能强置一詞並械之果吐其實葢王五與婦私已久謀殺其夫而適值胡成之戲也乃釋胡馮以誣告重笞徒三年事旣結並未妄刑一人

異史氏曰我夫子有仁愛名卽此一事亦以見仁人之用心苦矣方宰淄時松裁弱冠過蒙器許而駑鈍不才竟以不舞之鶴爲羊公辱是我夫子生平有不哲之一事則松實貽之也悲夫

禽俠

天津某寺鸛鳥巢於鴟尾殿承塵上藏大蛇如盆每至鸛雛團翼時輒出吞食淨盡鸛悲鳴數日乃去如是三年羣料其必不復至而次歲巢如故約雛長成卽逕去三月始還入巢啞啞哺子如初蛇又蜿蜒而上甫近巢

兩鶴驚飛鳴哀急直上青冥俄聞聲蓬蓬一瞬間天地似晦衆駭異共視乃一大鳥翼蔽天日從空疾下驟如風雨以爪擊蛇蛇首立墮連摧殿角數尺許振翼而去鶴從其後若將送之巢既傾兩雛俱墮一生一死僧取生者置鐘樓上少頃鶴返仍就哺之翼成而去

異史氏曰次年復至蓋不料其禍之復也三年而巢不移則復讎之計已決三日不返其去作秦庭之哭可知矣大鳥必羽族之劍仙也飈然而來一擊而去妙手空空兒何以加此

濟南有營卒見鶴鳥過射之應絃而落喙中銜魚將哺子也或勸拔矢放之卒不聽少頃帶矢飛去後往來近郭間兩年餘貫矢如故一日卒坐轅門下鶴過矢墜地卒拾視曰此矢固無恙哉耳適癢因以矢代搔忽大風摧門門驟闔觸矢貫腦尋死

鴻

天津弋人得一鴻其雄者隨至其家哀鳴翱翔抵暮始去次日弋人早出則鴻已至飛號從之既而集其足下弋人將並捉之見其伸頸俛仰吐出黃金半鋌弋人悟

其意乃曰是將以贖婦也遂釋雌兩鴻徘徊若有悲喜遂雙飛而去弋人稱金得二兩六錢强噫禽鳥何知而鍾情若此悲莫悲於生别離物亦然耶

象

廣中有獵獸者挾矢入山偶臥憩息不覺沉眠被象來鼻攝而去自分必遭殘害未幾釋置大樹下頓首一鳴羣象紛至四面旋繞若有所求前象伏樹下仰視樹而俯視人似欲其登獵者會意即以足踏象背攀援而升雖至樹巔亦不知其意向所存少間有狻猊來衆象皆

伏狻猊擇一肥者意將搏噬象戰慄無敢逃者惟共仰樹上似求憐拯獵者因望狻猊發一弩狻猊立殪諸象瞻空意若拜舞獵者乃下象復伏以鼻牽衣似欲其乘獵者遂跨身其上象乃行至一處以蹄穴地得脫牙無算獵人下束治已象乃負送出山乃始返

紫花和尚

諸城丁某野鶴公之孫也少年名士沉病而死隔夜復蘇曰我悟道矣時有僧善參元因遣人邀至使即榻前講楞嚴每聽一節都言非是乃曰使吾病痊證道何難

惟某生可愈吾疾宜虔請之蓋邑有某生者精岐黃而不以術行三聘始至疏方不藥病良已旣歸一女子自外入曰我董尚書府中侍兒也紫花和尚與妾有夙冤今得追報君又欲活之耶再往禍將及言已遂沒某懼辭丁丁病復作固要之乃以實告丁歎曰孽自前生死吾分耳尋卒後尋諸人果曾有紫花和尚高僧也青州董尚書夫人嘗供養家中亦無有知其冤之所自結者

某乙

邑西某乙故梁上君子也其妻深以爲懼屢勸止之乙遂翻然自改居二三年貧窶不能自堪思欲一作馮婦而後已乃托貿易就善卜者問何往之善術者占曰東南吉利小人不利君子兆隱與心合竊喜遂南行抵蘇松間日遊村郭凡數月偶入一寺見牆隅堆石子二三枚心知其異亦以一石投之徑趨龕後臥日旣暮寺中聚語似有十餘人忽一人數石訝其多因共搜龕後得乙問投石者汝耶乙諾詰里居姓名乙詭對之乃授以兵率與共去至一巨第出耎梯爭踰垣入以乙遠至逕不熟俾伏牆外司傳遞守囊橐焉少頃擲一裹下又少

頃縋一篋下乙舉篋知有物乃破篋以手揣取凡沉重物悉內一囊負之疾走竟取道歸由此建樓閣買良田爲子納粟邑令扁其門曰善士後大案發羣寇悉獲惟乙無名籍莫可查詰得免事寢既久乙醉後時自述之

曹有大寇某得重貲歸肆然安寢有二三小盜踰垣入捉之索金某不與箠灼並施罄所有乃去某向人曰吾不知炮烙之苦如此遂深恨盜投充馬捕捕邑寇殆盡獲曩寇亦以所施者施之

邑有貧民某乙殘臘向盡身無完衣自念何以卒歲不敢與妻言暗操白梃出伏墓中冀有孤身而過者刼其所有懸望甚苦渺無人跡而松風刺骨不復可耐意瀕絕矣忽一人傴僂來心竊喜持梃遽出則一叟負囊道左哀曰一身實無長物家絕食適於壻家乞得五斗米耳乙奪米復欲褫其絮襖叟苦哀之乙憐其老釋之負米而歸妻詰其自詭以賭債對陰念此策良佳次日復往居無幾時見一人荷梃來亦投墓中蹲居眺望意似同道乙乃逡巡自塚後出其人驚問誰何荅云行道者問何不行曰待君耳其人失

笑各以意會並道飢寒之苦夜既深無所獵乙欲歸其人曰子雖作此道然猶雛也前村有嫁女者營辦中夜畢家必殆從我去得當均之乙喜從之至一門隔壁聞炊餅聲知未寢伏伺之無何一人啟關荷杖出行汲二人乘間掩入見燈輝北舍他屋皆暗黑聞一媼曰大姐可向東舍一矚汝奩粧悉在櫝中忘扃鐍未也聞少女作嬌惰聲二人竊喜潛趨東舍暗中摸索得臥櫝啟覆探之深不見底其人謂乙曰入之乙果入得一裹轉遞而出其人問盡矣乎曰盡矣又紿之曰再索之乃閉櫝加鎖而去乙在中窘急無計未幾燈火亮入先照櫝聞媼云誰已扃矣於是母及女上榻息燭乙急甚乃作鼠嚙物聲女曰櫝中有鼠媼曰勿壞而衣我疲頓已極汝宜自覘之女振衣起發扃啟櫝乙突出女驚仆乙拔關奔去雖無所得而竊幸得免嫁女家被盜四方流播或議乙乙懼東遁百里為逆旅主人賃作傭年餘浮言稍息始取妻同居不業白梃矣此其自述因類申氏故附之

醜狐

穆生長沙人家清貧冬無絮衣一夕枯坐有女子入衣服炫麗而黑醜笑曰得毋寒乎生驚問之曰我狐仙也憐君枯寂聊與共溫冷榻耳生懼其狐而又厭其醜大號女以元寶置几上曰若相諧好以此相贈生悅而從之牀無裀褥女代以袍將曉起而囑曰所贈可急市軟帛作臥具餘者絮衣作饌足矣倘得永好勿憂貧也遂去生告妻妻亦喜即市帛爲之紉縫女夜至見臥具爲之一新喜曰君家娘子劬勞哉遂留金以酬之從此至無虛夕每去必有所遺年餘屋廬修潔內外皆衣文繡居然素封女賂遺漸少生由此心厭之聘術士至畫符於門女來嚙折而棄之入指生曰背德負心至君已極然此奈我何若相厭薄我自去耳但情意既絕受於我者須要償也忿然而去生懼以告術士術士作壇陳設未已忽顛地下血流滿頰視之則割去一耳衆大懼奔散術士亦掩耳竄去室中擲石如盆門窗釜甑無復全者生伏牀下蓄縮畏聳俄見女抱一物入貓首猧尾置牀前嗾之曰嘻嘻可嚼奸人足物即齕履齒利於刃生大懼將屈藏之四肢不能少動物嚼指爽脆有聲生痛

極哀祝女曰所有金珠盡出勿隱生應之女曰呵呵物乃止生不能起但告以處女自往搜珠鈿衣服之外止得二百餘金女少之又曰嘻嘻物復嚼生哀鳴求恕女限十日償金六百生諾之女乃抱物去久之家人漸聚從牀下曳生出足血淋漓喪其二指視室中財物盡空惟當年破被存焉遂以覆生令臥又懼十日復來乃貨婢鬻產以盈其數至期女果至急付之無言而去自此遂絶生足創醫藥半年始愈而家淸貧如初矣狐適近村于氏于業農家不中貲三年間援例納粟夏屋連蔓

所衣華服半生家物生見之亦不敢問偶適野遇女於途長跪道左女無言但以素巾裹五六金遙擲之反身逕去後于氏早卒女猶時至其家家中金帛輒亡去于子睹其來拜祭之遙祝曰父即去世兒輩皆若子縱不撫卹何忍坐令貧耶女去遂不復至

異史氏曰邪物之來殺之亦壯而既受其德鬼物不可負也既貴而殺趙孟則賢豪非之矣夫人非其心之所好則萬鍾何動焉觀其見金色喜其亦利之所在喪身辱行而不惜者歟傷哉貪人卒取殘害

錢卜巫

夏商河間人其父東陵豪富侈汰每食包子輒棄其角狠籍滿地人以其肥重呼之丟角太尉暮年家綦貧日不給餐兩肱瘦垂革如囊人又呼募莊僧謂其挂袋也臨終謂商曰余生平暴殄天物上干天怒遂至凍餓以死汝當惜福力行以蓋父愆商恪遵治命誠樸無二躬耕自給鄉人咸愛敬之富人某翁哀其貧假以貲使學負販輒虧其母愧無以償請爲傭翁不肯商瞿然不自安盡貨其田宅往酬翁翁詰得情益憐之强爲贖還舊業又益貸以重金俾作賈商辭曰十數金尚不能償奈何結來世驢馬債耶翁乃招他賈與偕數月而返僅能不虧翁不收其息使復之年餘貸貲盈輦歸至江遭颶舟幾覆物半喪失歸計所有略可償主遂語賈曰天之所貧誰能救之此皆我累君也乃稽簿付賈奉身而退翁再强之必不可躬耕如故每自歎曰人生世上皆有數年之享何遂落魄如此會有外來巫以錢卜悉知人運數敬詣之巫老嫗也寓室精潔中設神座香氣常熏商入朝拜訖便索貲商授百錢巫盡內木筩中執跪坐

下搖響如祈籤狀已而起傾錢入手而後於案上次第擺之其法以字爲否幕爲亨數至五十八皆字以後則盡幕矣遂問庚甲幾何荅二十八歲巫搖首曰早矣官人現行者先人運非本身運五十八歲方交本身運始無盤錯也問何謂先人運曰先人有善其福未盡則後人享之先人有不善其禍未盡則後人亦受之商屈指曰再三十年齒已老髦行就木矣巫曰五十八以前便有五年回潤略可營謀然僅免寒餓耳五十八之年當有巨金自來不須力求官人生無過行再世享之不盡

也別巫而返疑信半焉然安貧自守不敢妄求後至五十三歲留意驗之時方東作病痁不能耕既痊天大旱早禾盡枯近秋方雨家無別種田數畝悉以種穀既而又旱蕎菽半死惟穀無恙後得雨勃發其豐倍焉來春大饑得以無餒商以此信巫從翁貸貲小權子母輒小獲或勸作大賈商不肯迨五十七歲偶葺牆垣掘得地鐵釜揭之白氣如絮懼不敢發移時氣盡白鏹滿甕夫妻共運之秤計一千三百二十五兩竊議巫術小舛鄰人妻入商家窺見之歸告夫夫忌焉潛告邑宰宰最貪

拘商索金妻欲隱其半商曰非所宜得畱之貫禍盡獻之宰得金恐其漏匿又追貯器以金實之滿焉乃釋商居無何宰遷南昌同知踰歲商以懋遷至南昌則宰已死妻子將歸貨其粗重有桐油如干簍商以直賤買之以歸既抵家器有滲漏瀉注他器則內有白金二鋌徧探皆然兌之適得前掘鏹之數商由此暴富益贍貧窮慷慨不吝妻勸積遺子孫商曰此即所以遺子孫也鄰人赤貧至為丐欲有所求而心自愧商聞而告之曰昔日事乃我時數未至故鬼神假子手以敗之於汝何尤

遂周給之鄰人感泣後商壽八十子孫承繼數世不衰

異史氏曰汰侈已甚王侯不免況庶人乎生暴天物死無飯含可哀矣哉幸而鳥死鳴哀子能幹蠱窮敗七十年卒以中興不然父孽累子子復累孫不至乞丐相傳不止矣何物老巫遂宣天之秘嗚呼怪哉

姚安

姚安臨洮人美丰標同里宮姓有女子字綠娥艷而知書擇偶不嫁母語人曰門族風采必如姚某始字之姚聞紿妻窺井擠墮之遂娶綠娥雅甚親愛然以其美也

故疑之閉戸相守步輒綴焉女欲歸寧則以兩肘支袍覆翼以出入輿封誌而後馳隨其後越宿促與俱歸女心不能善忿曰若有桑中約豈瑣瑣所能止耶姚以故他往則扃女室中女益厭之俟其去故以他鑰置門外以疑之姚見大怒問所自來女憤言不知姚愈疑伺察彌嚴一日自外至潛聽久之乃開鎖啟扉惟恐其響悄然掩入見一男子貂冠臥牀上忿怒取刀奔入力斬之近視則女晝眠畏寒以貂覆面上大駭頓足自悔宮翁忿質官官收姚褫衿苦械姚破產以具金賂上下得不

死由此精神迷惘若有所失適獨坐見女與髯丈夫狎褻榻上惡之操刃而往則沒矣反坐又見之怒甚以刀擊榻席褥斷裂憤然執刃近榻以伺之見女立面前視之而笑遽斫之立斷其首既坐女不移處而笑如故夜間滅燭則聞淫溺之聲褻不可言日日如是不復可忍於是鬻其田宅將卜居他所至夜偷兒穴壁入刼金而去自此貧無立錐忿恚而死里人藁葬之

異史氏曰愛新而殺其舊忍乎哉人止知新鬼爲厲而不知故鬼之奪其魄也嗚呼截指而適其屨不亡何待

采薇翁

明鼎革干戈蠭起於陵劉芝生聚衆數萬將南渡忽一肥男子詣栅門敞衣露腹請見兵主劉延入與語大悅之問其姓字自號采薇翁劉留參帷幄贈以刀翁言我自有利兵無須矛戟問兵所在翁乃捋衣露腹臍大可容雞子忍氣鼓之忽臍中塞膚嗤然突出劍跗握而抽之白刃如霜劉大驚問止此乎笑指腹曰此武庫也何所不有命取弓矢又如前狀出雕弓一略一閉息則一矢飛墮其出不窮已而劍插臍中既都不見劉神之與

同寢處敬禮甚備時營中號令雖嚴而烏合之羣時出剽掠翁曰兵貴紀律今統數萬之衆而不能鎮懾人心此敗亡之道也劉喜之於是糾察卒伍有掠取婦女財物者梟以示衆軍中稍肅而終不能絕翁不時乘馬出遨遊部伍之間而軍中悍將驕卒輒首自墮地不知其何因因共疑翁前進嚴飭之策兵士已畏惡之至此益相憾怨諸部領譖於劉曰采薇翁妖術也自古名將止聞以智不聞以術浮雲白雀之徒終致滅亡今無辜將士往往自失其首人情洶懼將軍與處亦危道也不如

圖之劉從其言謀俟其寢誅之使覘翁翁坦腹方臥息如雷衆大喜以兵遶舍兩人持刀入斷其頭及舉刀頭已復合息如故大驚又斫其腹腹裂無血其中戈矛森聚盡露其顛衆益駭不敢近遙撥以矟而鐵弩大發射中數人衆驚散白劉劉急詣之已杳矣

詩讞

青州居民范小山販筆爲業行賈未歸四月間妻賀獨宿爲盜所殺是夜微雨泥中遺詩扇一握乃王晟之贈吳蜚卿者晟不知何人吳益都之素封與范同里平日

頗有佻達之行故里黨共信之郡縣拘質堅不伏而慘被械梏遂以成案駁解往復歷十餘官更無異議吳亦自分必死囑其妻罄竭所有以濟煢獨有向其門誦佛千者給以絮袴至萬者絮襖於是乞丐如市佛號聲閧十餘里因而家驟貧惟日貨田產以給貲斧陰賂監者使市鴆夜夢神人告之曰子勿死曩日外邊凶目下內邊吉矣再睡又言以是不果死無何周元亮先生分守是道慮囚至吳若有所思因問吳某殺人有何確據范以扇對先生熟視扇便問王晟何人並云不知又將爰

書細閱一過立命脫其械自監移之倉范力爭怒曰而
欲妄殺一人便了卻耶抑將得讎人而甘心耶衆疑先
生私吳郎莫敢言先生標硃籤立拘南郭某肆主人主
人懼罔知所以至則問曰肆壁有東莞李秀詩何時題
耶答自舊歲提學按臨有二三秀才飲醉留題不知所
居何里遂遣役至日照坐拘李秀數日秀至怒之曰既
作秀才奈何謀殺人秀頓首錯愕但言無之先生擲扇
下令其自視曰明係而作何詭托王晟秀審視云詩真
某作字實非某書曰既知汝詩當卽汝友誰書者秀曰

跡似沂州王佐乃遣役關拘王佐佐至訶之一如見秀
狀佐言此益都鐵商張成索某書者云晟其表兄也先
生曰盜在此矣執成至一訊遂伏先是成窺賀氏美欲
挑之恐不諧念托於吳必人所共信故僞爲吳扇執而
往諧則自認不諧則嫁名於吳而實不期至於殺也踰
垣入逼婦婦以獨居常以刃自衛既覺捉成衣操刀而
起成懼奪其刀婦力挽令不得脫且號成益窘遂殺之
委扇而去三年冤獄一朝而雪無不誦神明者吳始悟
裏邊吉乃周字也然終莫解其故後邑紳乘間請之公

笑曰此甚易知細閱爰書賀被殺在四月上旬是夜陰雨天氣猶寒扇乃不急之物豈有忙迫之時反攜此以增累者其嫁害可知向避雨南郭見題壁詩與箑頭之作口角相類故妄度李生果因是而得眞盜幸中耳聞者歎服

異史氏曰天下事入之深者當其無有有之用詩詞歌賦文章華國之具也而先生以相天下士稱孫陽焉豈非入其中者深乎而不謂相士之道移於折獄易曰知幾其神先生有之矣

毛大福

太行毛大福瘍醫也一夜行術歸道遇一狼吐裹物退蹲道左毛拾視則布裹金飾數事方怪異間狼前歡躍略曳袍服即復去毛行又曳之察其意不惡因從之去未及至穴見一狼病臥視頂上有巨瘡潰腐生蛆毛悟其意撥剔淨盡敷藥如法乃行日旣晩狼遙送之行三四里又遇數狼咆哮相侵懼甚前狼急入其羣若相告語衆狼悉散去毛乃歸先是邑有銀商甯泰被盜殺於途莫可追詰會毛貨金飾爲甯氏所認執赴公庭毛訴

所從來官不之信將械之毛冤極不能自伸唯求寬釋請問諸狼官遣兩隸押入山直抵狼穴值狼未歸既暮不至三人遂返至半途遇二狼其一瘢痕猶在毛識之因揖而祝曰前蒙餽贈今遂以此被屈君不爲我昭雪回去搒掠死矣狼見毛被縶怒奔隸隸拔刀相向狼以喙拄地大嗥嗥兩三聲山中百狼羣集圍旋之隸大窘狼競前嚙縶索隸悟其意解毛縛狼乃俱去歸述其狀官異之而猶未遽釋毛後數日官出行在道一狼銜敝履委路間未以爲異過之狼又銜履奔前途而置之官命收履狼乃去既歸陰遣人訪履主或傳某村有叢新者被一狼廹逐銜履而去拘來認之果其履也遂疑殺甯者即新鞫之果然蓋新殺甯取其巨金衣底藏飾未遑搜括被狼銜去也

昔一收生嫗自他歸遇一狼阻道牽衣若欲召之乃從去見雌狼方娩不下嫗爲之用力既產始放之歸明日銜鹿置庭中乃知此事自古有之也

雹神

唐太史濟武適日炤會安氏葬道經雹神李左車之祠

暫入游眺祠前有池池水清澈有朱魚數頭遊泳其中內一魚斜尾㗖呷水面見人不驚太史拾小石將戲擊之道士在旁急止勿擊問其故則池鱗皆龍族觸之必致風雹太史笑附會之誣不聽其言卒擲擊之既而斥車東邁則有黑雲如蓋隨之以行既而簌簌雹落大如綿子又行里餘始霽太史弟涼武在後相去一矢少間追及相與語則竟不知有雹也問之前行者亦然太史笑曰此豈廣武君作怪也而猶未之深異安村外有關聖祠適有稗販之客釋肩門外忽棄雙簏趨祠中拔架

上大刀旋轉而舞曰我李左車也明日將陪從淄川唐太史一助執紼敬先告主人數語而醒自不知其何言亦不識唐太史何人也安氏聞之大懼村去神祠四十餘里敬修楮帛祭具詣祠哀禱但求憐憫不敢煩其枉駕太史怪其敬信之深問諸主人蓋雹神靈蹟最著往往託生人以爲言應驗無虛語若不虔祝以尼其行則明日風雹立至矣

異史氏曰廣武君在當年亦老謀壯事者流也即司雹於東或亦其不磨之氣受職於天然業神矣何必翹然

自異哉蒸太史道義文章天人之欽矚已久此鬼神之
所以必求信於君子也

李八缸

太學李月生斥宇翁之次公也翁最富以缸貯金里人
稱之八缸翁寢疾呼子分金兄八之弟二之月生不能
無觖望翁曰我非偏有愛憎藏有窖鏹必待無多人時
方以畀汝勿急也過數日翁益彌留月生慮一旦不虞
覷無人即牀頭秘訊之翁曰人生苦樂皆有定數汝方
享妻賢之福故不宜再助多金以增汝過蓋月生妻車
氏最賢有桓孟之德翁是以云月生固哀之怒曰汝尚
有二十餘年坎壈未歷即予千金亦立盡耳苟不至山
窮水盡時勿望給與也月生爲人孝友敦篤即亦不敢
復言猶冀父復瘥且夕可以婉告無何翁大漸尋卒幸
兄賢齋葬之謀弗與計校而月生天眞爛熳不較錙銖
又好客善飲炊黍治具日促妻三四作又不甚理家人
生産里中無賴窺其良懦輒魚肉之踰數年家漸落窘
急時賴兄小周給不至大困無何兄以老病卒益失所
助至絕糧食春貸秋償田所出登場輒盡於是割畝爲

活業亦消滅又數年長子及妻相繼殂謝無聊益甚尋買販羊者之妻徐冀得小阜而徐剛烈日凌藉之至不敢與朋友通弔慶禮忽一夜夢父曰今汝所遭可謂山窮水盡矣嘗許汝窖鏹今其可矣問何在曰明日畀汝醒而異之猶謂是貧中積想也次日發土葺墉掘得巨金始悟向言無多人乃死亡將半也

異史氏曰月生杵臼交其爲人樸誠無少僞余兄弟與交哀樂輒相共數年來村隔十餘里老死竟不相聞余每過其居里因亦不敢過問之則月生之苦況蓋有不

可名言者矣忽聞暴得千金不覺爲之鼓舞嗚呼翁臨終之治命昔習聞之而不意其言皆讖也抑何其神哉

老龍船戶

朱公徽蔭總制粵東時往來商旅多告無頭冤狀往往千里行人死不見尸甚至數客同遊全絕音信積案累累莫可究詰初告有司尚欲發牒行緝迨投狀既多遂竟置而不問公莅任稽舊案狀中稱死者不下百餘其千里無主者更不知其幾何公駭異慘怛籌思廢寢徧訪僚屬迄少方略於是潔誠熏沐致檄於城隍之神已

而變食齊寢恍惚中見一官僚搢笏而入問何官荅云城隍劉某將何言曰鬢邊垂雪天際生雲水中漂木壁上安門言已而退既醒隱謎不解輾轉終宵忽悟曰垂雪者老也生雲者龍也水上木爲船壁上門爲戶合之非老龍船戶也耶蓋省之東北曰小嶺曰藍關源自老龍津以達南海嶺外巨商每由此入粵公早遣武弁密授機謀捉龍津駕舟者次第擒獲五十餘名皆不械而服蓋寇以舟渡爲名賺客登舟或投蒙藥或燒悶香使諸客沉迷不醒而後剖腹納石以沉於水寃慘極矣自

昭雪後遐邇懽騰謠頌成集焉

異史氏曰剖腹沉尸慘寃已甚而木雕之有司更少痌瘝則粵東之暗無天日久矣公至而鬼神效靈覆盆俱照何其異哉然公亦非有四目兩口不過痌瘝之念積於中者至耳苟徒巍巍然出則刀戟橫路入則蘭麝熏心尊優則極而何能與鬼神通哉

元少先生

韓元少先生爲諸生時有吏突至白主人欲延作師而殊無名刺問其家閥含糊對之束帛緘贄儀禮優渥先

生諾之約期而去至日果以輿來邀迓而往道路皆所未經忽睹殿閣下車入氣象類藩邸既就館酒炙紛羅勸客自進並無主人筵既撤則公子出拜年十五六姿表秀異展禮罷趨就他舍請業始至師所公子慧絕聞義輒通而先生以不知家世頗所疑悶館中有二僮爲之給役私詰之皆不對問主人何在荅以事忙先生求導窺之僮不可又屢求之僮乃諾導之一處聞拷楚聲自門隙目注之見一王者坐殿上階下劍樹刀山皆冥中事大駭方將卻步內已知之因罷政叱退諸鬼疾呼

僮僮變色曰我爲先生禍及身矣戰惕奔入王者怒曰何敢引人私窺即以重鞭笞訖乃召先生入曰所以不見者以幽明異路今已知之勢難再聚因贈束金使行曰君天下第一人但坎壈未盡耳使青衣捉騎送之先生疑身已死青衣曰何得便爾先生食御一切買自俗間非冥中物也既歸坎坷數年作會狀其言皆驗

周生

周生者時邑侯之幕客邑侯適公出夫人徐有桼禮碧霞元君願以道賒遠將遣僕賫儀代往使周爲祝文周

作駢詞歷敘平生頗涉狎謔中有云裁洛陽滿縣之花偏憐斷袖置夾谷彌山之草惟愛餘桃此訴夫人所憤也諸如此類甚多脫稿示同幕凌生凌以爲褻戒勿用弗聽付僕而去居無何周生卒於署既而僕亦死又未幾徐夫人產後病亦卒人猶未之異也周生子自都來迎父櫬夜與凌生同宿夢父戒之曰文字不可不慎也我不聽凌君言遂以褻詞致干神怒遽夭天年又貽累徐夫人且殃及焚文之僕恐冥罰之不免也醒以告凌凌夢亦同因述其文周子方知之爲之惕然

異史氏曰恣情縱筆輒灑灑自快此文客之常也然婬嫚之詞何敢以告神明哉狂生無知冥譴其所應爾乃使賢夫人及千里之僕駢死而不知其罪不亦與俗中之刑律猶分首從者反多憒憒哉冤已

劉全

鄒平牛醫侯某荷飯餉耕者至野有風旋其前侯即以杓掬漿祝奠之既盡數杓風始去又一日適城隍廟閒步廡下見內塑劉全獻瓜像被鳥雀遺糞糊蔽目睛侯曰劉大哥何遂受此玷污因以爪甲爲除去之後數年

病臥被二皁攝去至官衙前逼索財賄甚苦侯方無所
爲計忽自內一綠衣人出見之訝曰侯翁何來侯便告
訴綠衣人卽責二皁曰此汝侯大爺何得無禮二皁喏
喏遜謝不知俄聞鼓聲如雷綠衣人曰早衙矣遂與俱
入令立墀下曰姑立此我爲汝問之遂上堂點手招一
吏人下略道數語吏人見侯拱手曰侯大哥來耶汝亦
無甚大事有一馬相訟一質便可復返遂別而去少間
堂上呼侯名侯上跪一馬亦跪官問侯馬言被汝藥死
有諸侯曰彼得瘟症某以瘟方治之既瘳隔日而死與
某何所干涉馬作人語兩相苦官命稽籍籍註馬壽若
干應死於某年月日數確符因訶曰此汝天年適盡何
得妄控叱之而去因謂侯汝存心方便可以不死仍命
二皁送之前二人亦與俱出又囑途中善相視侯曰今
日遂蒙覆蔽生平實未識荆乞示姓字以圖銜報綠衣
人曰三年前僕從泰山來焦渴欲死經君村外蒙以杓
漿見飲至今不忘吏人曰某卽劉全曩蒙雀糞之汚悶
不可耐君手爲滌除是以耿耿奈冥間酒饌不可以奉
賓客請卽別矣侯始豁悟乃歸既至家款留二皁皁並

不敢飲其杯水侯蘇蓋死已踰兩月夜矣自此益修善行每逢節序必以漿酒酹劉全後年至八旬尚强健能乘馬馳走一日於途間見劉全騎馬來如將遠行拱手溫涼已劉曰君數已盡勾牒出矣勾役欲相招我禁使勿須君可歸治後事三日後我來同君行地下代買小缺亦無苦也遂去侯歸告妻子招別戚友棺衾俱備第四日日暮對衆曰劉大哥來矣入棺遂歿

韓方

明季濟郡以北數州縣邪疫大作比戶皆然齊東有農民韓方性至孝其父母皆病因具楮帛哭禱於孤石大夫之廟歸途零涕遇一人衣冠清潔問何悲也韓具以告其人曰孤石之神卽亦不在於此禱之何益僕有小術可以一試韓喜便詰姓字其人曰我不求報何必通鄉貫乎韓方殷殷請臨其家其人又言無須但歸以黃紙置牀厲聲言我明日赴都告諸嶽帝病當已韓恐不驗堅求移趾其人曰實告子我非人也巡環使者以我誠篤俾爲南縣土地感君孝指授此術目前嶽帝舉枉死之鬼其有功人民或正直不作邪祟者以城隍土地

用今日殃人者皆郡城中北兵所殺之鬼急欲赴都投狀故沿途索賂以謀口食耳言告嶽帝則彼必懼故當已韓悚然起敬伏叩道側既起其人已渺驚歎而歸遵其教父母果皆愈以傳鄰村無不驗者

異史氏曰沿途祟人而往以求不作邪祟之用此與策馬應不求聞達之科者何殊哉天下事大率類此猶憶甲戌乙亥之間當事者使民捐穀疏告九重謂民樂輸於是各州縣如數取盈甚費敲朴是時郡北七邑皆被水歲大祲催辦尤難吾鄉唐太史偶至利津見繫逮十數人即當道中問其何事荅云官捉吾等赴城比追樂輸耳農民亦不知樂輸二字作何解遂以爲徭役敲比之名亦可歎而可笑也

太原獄

太原有民家姑婦皆寡姑中年不能自潔村無賴頻來就之婦不善其行陰於門戶牆垣阻拒之姑慚借端出婦婦不去頗有勃谿姑益恚反相誣諸官官問奸夫姓名媼曰夜來宵去實不知其何誰鞫婦自知因喚婦婦果知之而以姦情歸媼苦相抵拘無賴至又譁辯謂兩

無所私彼姑婦不相能故妄言相抵毀耳官曰一村百人何獨誣汝重笞之無賴叩乞免責自認與婦通械婦婦終不承逐去之婦忿告憲院仍如前久不決時吾邑孫進士柳下令臨晉推折獄才遂下其案於臨晉人犯到公略訊一過寄監訖便使隸人備磚石刀錐質明聽用共疑曰嚴刑自有桎梏何將以非刑折獄耶不解其意姑備之明日升堂問知諸具已備命悉置堂上乃喚犯者又一一略訊之乃謂姑婦此事亦不必求甚清析淫婦雖未定而奸夫則確汝家本清門不過一時爲匪人所誘罪全在某堂上刀石具在可自取擊殺之姑婦趑趄恐邂逅抵償公曰無慮有我在於是媼婦并起掇石交投婦銜恨已久兩手舉巨石恨不即立斃之媼惟以小石擊臀腿而已又命用刀媼猶逡巡公止之曰淫婦我知之矣命執媼嚴梏之遂得其情其案乃結

附記公一日遣役催租租戶他出婦應之役不得賄拘婦至公怒曰男子自有歸時何得擾人家室遂笞役遣婦去乃命匠多備手械以備敲比明日邑中傳頌公仁欠賦者聞之皆使妻出應公盡拘而械之余

嘗謂孫公才非所短然如得其情則喜而不暇哀矜矣

新鄭獄

長山石進士宗玉爲新鄭宰適有遠客張某經商於外因病思歸不能騎步賃手車一兩攜貲五千兩夫挽載以行至新鄭兩夫往市飲食張守貲獨臥車中有某甲過睨之見旁無一人奪貲去張不能禦力疾起遙尾綴之入一村中又從之入一門內張不敢入但自短垣窺覘之甲釋所負回首見窺者怒執爲賊縛見石公因言

情狀問張張備述其冤公以無質實叱去之二人下皆謂官無皁白公置若不聞頗憶甲久有逋賦但遣役嚴追之逾一日即以銀三兩投納石公喚問金所自來甲荅質衣鬻物皆指名以實之石公遣役令視納稅人有與甲同村者否適甲鄰人在便喚入石公問汝即爲某甲近鄰金所從來當自知之鄰荅不知石公曰鄰家不知其來曖昧甲懼顧鄰曰我質某物鬻某器汝寧聞之乎鄰急曰然固聞之矣石公怒曰是必與某甲同盜非窮治之不可命取梏械鄰人大懼曰我以鄰故不敢招

怨耳今刑及己身何諱乎彼實刼張某錢所市也遂釋之時張以丧背未歸乃責甲抻償之石公此類甚多亦見其實心爲政也

異史氏曰石公爲諸生時每一藝出得者秘以爲寶觀其人恂恂雅飭翰苑則優似非簿書才者乃一行作吏神君之名譟於河朔誰謂文章僅華國之具哉故志之以風有位者

浙東生

浙東生房某客於陜貧不能歸教授生徒嘗以膽力自詡一夜裸臥忽有毛物從空墮下擊胸有聲覺大如犬氣咻咻然四足撓動大懼欲起物以兩足撲倒之恐極而斃逕一時許覺有人以尖物穿鼻大嚏乃蘇見室中燈火熒煌牀邊坐一美人笑曰好男子膽氣固如此耶生知爲狐益懼女漸與狎戲膽始放遂共歡暱積半年如琴瑟之好一日臥牀頭生潛以獵網蒙之女醒不敢動但哀之生但笑不前女忽化白氣自牀下出恚曰終非好相識可送我去以手曳之身不覺自行出門凌空翕飛食頃女釋手生暈然墜落適世家園中有虎阱揉

木爲圈結繩作網以覆其口生墮網上網爲之側以腹受網身半倒懸下視虎蹲阱中仰見臥人躍上近不盈咫心膽俱碎園丁來飼虎見而怪之扶上已死移時始漸甦備言其故其地爲浙界離其家止四百餘里矣告之主人贈以貲而遣之嘗告人曰雖得兩死然非狐不能歸也

博興女

博興民王某有女及笄勢豪某窺其姿伺女出掠去無知者至家逼淫女號嘶撐拒某縊殺之門外故有深淵

遂以石繫尸沉諸其中王覓女不得計無所施天忽雨雷電遶其家霹靂大作龍下攫某首而去未幾天晴淵中女尸浮出一手捉人頭審之則豪某也官知鞫其家人始得其情龍其女之所化與何以能然也奇哉

一員官

濟南同知吳公剛正不徇時有陋規凡貪墨者虧空犯贓罪上官輒庇之以贓分攤屬僚無敢梗者以命公不受强之不得怒加叱罵公亦惡聲還報之曰某官雖微亦受君命可以黍處不可以罵詈也要死便死不能損

朝廷之祿代人償枉法贓耳上官乃改顏溫慰之人皆
言斯世不可以行直道人自無直道耳可反咎斯世之
不可行哉會高苑有穆情懷者狐附之輒慷慨與人談
論音響在座上但不睹其人適至郡賓客談次或詰之
曰仙固無不知請問郡中官共幾員應聲曰一員共笑
之復詰其故曰通郡官僚雖七十有二其實可稱爲官
者吳同知一人而已

是時泰安知州張公者人以其木强號之橛子凡貴
官大僚登岱者夫馬兜輿之類需索煩多州民苦於

供億公一切罷之或索羊豕公曰我即一羊也一豕
也請殺之以犒騶從大僚亦無奈之公自遠宦別妻
子者十二年初蒞泰安夫人及公子自都中來省之
相見甚歡踰六七日夫人從容曰君塵甑猶昔何老
誖不念子孫耶公怒大駡呼杖逼夫人伏受責公子
覆母身號泣乞代公横施撻楚乃已夫人怒卽偕公
子命駕歸矢曰渠卽死於是吾亦不復來矣踰年公
果卒此不可謂非今之强項令也然以久離之琴瑟
何至以一言而燥怒之此不情矣哉而威嚴能行於

牀笫事更奇於鬼神矣

花神

癸亥歲余館於畢刺史公之綽然堂公家花木最盛暇輒從公杖履得恣游賞一日眺覽既歸倦極思寢解屨登牀夢二女郎被服豔麗近請曰有所奉托敢屈移玉余愕然起問誰相見召曰絳妃耳恍惚不解所謂遽從之去俄睹殿閣高接雲漢下有石階層層而上約盡百餘級始至顛頭見朱門洞敞又有一二麗者趨入通客無何詣一殿外金鉤碧箔光明射眼內一女人降階出環珮鏘然狀若貴嬪方欲展拜妃便先言敬屈先生理須首謝呼左右以毯貼地若將行禮余惶悚無以爲地因啟曰草莽微賤得辱寵召已有餘榮況敢分庭抗禮益臣之罪折臣之福妃命撤毯設宴對筵相向酒數行余辭曰臣飲少輒醉懼有愆儀教命云何幸釋疑慮妃不言但以巨杯促飲余屢請命乃言妾花神也合家細弱依棲於此屢被封家婢子橫見摧殘今欲背城借一煩君屬檄草耳余皇然起奏臣學陋不文恐負重託但承寵命敢不竭肝鬲之愚妃喜即殿上賜筆札諸麗者

拭案拂座磨墨濡毫又一垂髫人折紙爲範置腕下略寫一兩句便二三輩疊背相窺余素遲鈍此時覺文思若湧少間稿脫爭持去啟呈絳妃妃展閱一過頗謂不疵遂復送余歸醒而憶之情事宛然但檄詞強半遺忘因足而成之謹按封氏飛揚成性忌嫉爲懷濟惡以才絕殊偃草射人於暗深類含沙昔虞帝樂其薰融富貴不足解憂反借渠以解慍楚王蒙其蠱惑賢才未能稱意惟得彼以稱雄沛上英雄雲飛而思猛士茂陵天子秋高而念佳人從此顧盼自雄因而披猖無忌怒號萬

竅響碎玉於深宮淜湃中宵弄寒聲於秋樹倏向山林叢裡假虎之威時於灩澦堆中助江之浪且也簾鉤頻動發高閣之清商簷鐵忽敲破離人之幽夢搴帷拂簟儼同入幕之賓排闥升堂竟作翻書之客不曾於生平識面直開門戶而來若非是掌上留裙幾掠蹁躚而去吐虹絲於碧落乃敢因月成闌翻柳浪於青郊謬說爲花寄信賦歸田者歸途纔就飄飄吹薜荔之衣登高臺者高興方濃輕輕落茱萸之帽蓬梗卷兮上下三秋之羊角搏兮箏聲杳乎雲霄百尺之鳶絲斷繫不奉明窔

之詔特速花開未絕坐客之纓竟吹燈滅甚則揚塵播土吹平李賀之山叫雨呼雲捲破杜陵之屋馮夷起而擊鼓少女進而吹笙蕩漾以來石皆作燕吼奔而至瓦竟分鴛未施搏水之威浮水江豚時出拜陡出障天之勢書天雁字不成行助馬當之輕帆彼有取爾牽瑤臺之翠帳于意云何至於海鳥而靈尚依魯門以避但使行人無恙願喚石郎以歸古有賢豪乘而破者萬里世無高士御以行者幾人駕礮車之狂雲遂以夜郎自大恃貪狼之逆氣漫云河伯爲尊姊妹俱受其摧殘彙族

悉爲其蹂躪紛紅駭綠掩苒何窮擘柳鳴條蕭騷無際雨零金谷綴爲藉客之裀露冷華林去作沾泥之絮埋香瘞玉殘妝卸而翻飛朱榭雕欄雜珮紛其零落減春光於旦夕萬點正飄覓殘紅於西東五更非錯幽閨汪漢女弓鞋漫踏春園寂寞玉樓人珠勒徒嘶芳草斯時也傷春者有難乎爲情之怨尋勝者作無可奈何之歌爾乃趾高氣揚逞無端之蹄厲發蒙振落動不已之瀾珊傷哉綠樹猶存簌簌者繞牆自落久矣朱旛不豎娟娟者隕涕誰憐墮溷沾籬畢芳魂於一日朝榮夕悴免

荼蘼以何年怨羅裳之易開罵空聞於子夜訟狂伯之肆虐章未報於天庭誕告芳鄰學作蛾眉之陣凡屬同氣羣與草木之兵莫言蒲柳無能但須藩籬有志且看鶯儔燕侶公復奪愛之讎請與蝶友蜂交共發同心之誓蘭橈桂楫可教戰於昆明桑蓋柳旗用觀兵於上苑東籬處士亦出茅廬大樹將軍應懷義憤殺其氣燄洗千年粉黛之寃殲爾豪强消萬古風流之恨

戲書蒲生聊齋志異卷後

姑妄言之妄聽之豆棚瓜架雨如絲料
應厭作人間語愛聽秋墳鬼唱時

濟南王士禎貽上 題

聊齋志異卷十六終

志異十六卷先大父柳泉先生著也先大父諱松齡字留仙別號柳泉聊齋其齋名也幼有軼才學識淵穎而簡潛落穆超然遠俗雖名宿宗工樂交傾賞然數奇終身不遇以窮諸生授舉子業潦倒於荒山僻隘之鄉間爲詩賦歌行不愧於古作者撰古文辭亦往往標新領異不勦襲先民皆各數百篇藏於家而於耳目所覩記里巷所流傳同人之籍錄又隨筆撰次而爲此書其事多涉於神怪其體倣歷代志傳其論贊或觸時感事而以勸以懲其文往往刻鏤物情曲盡世態冥會幽探思

入風雲其義足以動天地泣鬼神俾畸人滯魄山魅野魑各出其情狀而無所遁隱此山經博物之遺遠遊天問之意非第如干寶搜神已也初亦藏於家無力梓行近乃人競傳寫遠邇借求矣昔昌黎文起八代必待歐陽而後傳文長雄踞一時必待袁中郎而後著自今而後焉知無歐陽中郎其人者出將必契賞鋟梓流布於世不但如今已也則且跂予望之矣

大清乾隆五年歲次庚申春日孫立悳謹識